KB059709

To.

_____

_____

_____

_____

From.

나는 내가 만났던 모든 것의 일부다

· 일러두기
도서명은 겹낫표(『』)로, 시나 편지의 제목은 홑낫표(「」)로, 잡지명은
겹화살괄호(《 》)로, 노래 제목은 홑화살괄호(< >)로 묶어 구분하였습니다.

인생의 문장들

나는 내가
만났던
모든 것의
일부다

박명숙 엮고 옮김

플로베르

프롤로그

인생이 뭐라고.
어느 때는 죽을 것 같다가도, 또 언제 그랬냐는 듯
한없이 가볍다.
문이 활짝 열렸다가도 어느 날은 쾅 닫히는 느낌이다.

연기처럼 무의미하게 사라져버리는 것이 인생이기도 하다.
우리는 무의미와 싸우며,
희로애락의 출렁임을 만끽하기도 한다.

단 한 번뿐인 인생이기에,
누구나 그 단 한 번의 삶을 잘 살고 싶어한다.
누구나 최소한의 좌절을 맛보고,
최대한의 행복을 누리고 싶어한다.
또한 단 한 번뿐인 인생이라서 살아가는 묘미가 있다.

수많은 이들이 인생을 이야기하는 말과 문장을 남겼다.
그 속에는 삶의 변하지 않는 가치와
각자만의 고유한 인생관이 담겨 있다.

그러나 결국 살아가야 하는 것은 나 자신이다.
내 삶은 그 누구의 것도 아닌 오로지,
온전히 내 것이기 때문이다.

차례

길을 떠나는 나에게

— 낯선 시작 —

아무리 먼 길이라도
언제나 첫걸음부터 시작한다.

노자

인간의 첫 번째 의무는 스스로 생각하는 것이다.

호세 마르티

그것은 당신의 삶입니다. 그러나 당신 것으로 만들 때
에만 그렇습니다.

엘리너 루스벨트

나는 세상의 피해자가 되거나 보물을 찾아 떠나는 모험가가 되기를 선택할 수 있다. 모든 건 내가 내 삶을 어떻게 보는가에 달려 있다.

파울로 코엘료, 『11분』

첫걸음을 내딛는 행위가 승리자와 패배자를 구분한다.

브라이언 트레이시

달을 향해 쏘아라. 설사 달을 맞히지는 못하더라도 어느 별인가는 맞힐 수 있을 테니.

노먼 빈센트 필

나는 내가 만났던 모든 것의 일부다

동굴에서 자라는 나무는 열매를 맺지 못한다.

칼릴 지브란, 『모래, 물거품』

나는 삶의 유의미함과 무의미함에 대해 책임이 있다고
는 생각지 않는다. 그러나 내게 주어진 삶으로 무엇을
할 것인지에 대해서는 책임이 있다고 생각한다.

헤르만 헤세

나는 내 삶이 마음에 들지 않았다. 그래서 스스로 내 삶을 창조했다.

코코 샤넬

숲속에 두 갈래 길이 있었고, 나는 사람들이 적게 간 길을 택했다. 그리고 그것이 모든 것을 바꾸어놓았다.

로버트 프로스트, 『가지 않은 길』

규범으로부터의 일탈이 없이 진보는 불가능하다.

프랭크 자파

나는 내가 만났던 모든 것의 일부다

당신이 원하는 모든 것은 두려움의 반대편에 있다.

잭 캔필드

사유하는 인간으로 행동하고, 행동하는 인간으로 사유하라.

앙리 베르그송

의지는 발견하고, 자유는 선택한다. 발견하고 선택하는 것은 곧 생각하는 것이다.

빅토르 위고

생각은 수세기 동안 찬양받아온 이성이 생각의 가장 끈질긴 적이라는 사실을 깨닫는 순간에야 비로소 시작된다.

마르틴 하이데거

염세주의는 기질의 문제이고, 낙관주의는 의지의 문제다.

알랭

목적은 수단을 정당화한다. 그런데 목적을 정당화하는 것은 무엇일까?

알베르 카뮈

나는 내가 만났던 모든 것의 일부다

뚜렷한 계획이 없는 목표는 단지 하나의 소망에 불과
하다.

앙투안 드 생텍쥐페리

우리가 우연이라고 부르는 것은 알려진 결과의 알려지
지 않은 원인일 뿐이며, 원인일 수밖에 없다.

볼테르

내가 다섯 살 무렵 어머니는 내게 행복은 삶의 열쇠라고 말씀하시곤 했다. 학교에 가자 선생님은 내게 자라서 뭐가 되고 싶은지 물었다. 나는 '행복해지고 싶다'고 적었다. 선생님은 내가 숙제를 이해하지 못한다고 했다. 난 선생님에게 삶을 이해하지 못한다고 말했다.

존 레논

나는 내가 만났던 모든 것의 일부다

진리는 객관성도 균형적 관점도 아니다. 진리는 무아
(無我)의 주관성이다.

크누트 함순, 『굶주림』

육천 년간의 경험을 축적했을 인류는 매 세대마다 다
시 아이가 된다.

트리스탕 베르나르

우리는 자신의 안전지대 밖으로 나설 때에야
비로소 바뀌고 성장하고 변모하기 시작한다.

로이 T. 베넷

무지는 전통의 어머니다.

몽테스키외

사고하려고 하지 않는 사람은 독선가다. 사고할 줄
모르는 사람은 바보다. 사고할 용기가 없는 사람은
노예다.

조지 고든 바이런

더이상 항의하는 것만으로는 충분하지 않은 때가 온
다. 철학 후에는 행동하는 것이 필요하다.

빅토르 위고, 『레 미제라블』

우리가 어떤 일을 할 엄두를 내지 못하는 것은 그 일
이 어려워서가 아니다. 우리가 엄두를 내지 못하기 때
문에 그 일이 어려운 것이다.

루키우스 세네카

사실 길은 별로 중요하지 않다. 도달하고자 하는 의
지만으로 충분하기 때문이다.

알베르 카뮈, 『시지프 신화』

적절하지 못한 때에 행해진 옳은 일은 잘못된 일이다.

조슈아 해리스

나는 내가 만났던 모든 것의 일부다

모든 행복은 평온한 아침식사로부터 시작된다.

윌리엄 서머싯 몸

우리는 삶의 가장 좋은 시간들을 "너무 일러"나 "너무 늦었어"라고 말하면서 보낸다.

귀스타브 플로베르, 『서간집』

나는 나 자신의 실험이자 스스로의 예술 작품이다.

마돈나

삶에서 중요한 것은 자신을 발견하는 게 아니라 스스로를 창조하는 것이다.

조지 버나드 쇼

우리는 과거로 돌아가 새로운 출발을 할 수는 없지만, 지금 당장 시작해서 전혀 새로운 결말을 맺을 수는 있다.

제임스 R. 셔먼

나는 내가 만났던 모든 것의 일부다

우리가 그대로이면 세상도 그대로이고, 우리가 달라지면 세상도 달라질 것이다. 우리가 곧 세상이기 때문이다.

티샨

우리는 우리의 생각에 중독돼 있다. 우리의 생각을 바꾸지 않으면 아무것도 바꿀 수 없다.

산토쉬 칼와, 『나를 매일 인용해주세요』

마음에는 주름살이 생기지 않는다.

세비녜 후작부인, 『편지』

아이들이 행복한 이유는, 그들의 머릿속에는 '잘못될 수 있는 모든 것들'이라고 불리는 파일이 없기 때문이다.

마리안 윌리엄슨

나이가 들어서 꿈을 좇기를 그만둔다는 말은 사실이 아니다. 꿈을 좇는 것을 그만두기 때문에 늙는 것이다.

가브리엘 가르시아 마르케스

나는 내가 만났던 모든 것의 일부다

한 사람에게 가해진 부당함은 모두에게 가해진 위협이
다.

몽테스키외

사람은 누구나 세상이 알지 못하는 자신만의 슬픔을
간직하고 있다. 우리는 종종 단지 슬픔에 잠긴 사람
을 냉정하다고 여긴다.

헨리 워즈워스 롱펠로

세상은 느끼는 사람에게는 비극이지만 생각하는 사람
에게는 희극이다.

호러스 월폴

무언가를 원하면
조금 시끄러운 소리를 내는 게
좋다는 사실을 나는 아주 일찍 깨달았다.

맬컴 엑스, 『맬컴 엑스 자서전』

초연함은 현자를 만들고, 무감각은 괴물을 만든다.

드니 디드로, 『백과전서』

운명은 두려움을 모르는 이들을 사랑한다.

제임스 러셀 로웰

무언가를 하고자 하는 사람은 방법을 발견한다. 아무것도 하려고 하지 않는 사람은 핑계를 찾아낸다.

아라비아 속담

아무것도 하지 않으면 아무 일도 일어나지 않는다. 인생은 결정들로 이루어진다. 당신 스스로 결정을 하거나, 다른 이들이 당신을 대신해 결정을 내리는 것이다. 어떤 경우에라도 당신은 그것을 피할 수 없다.

마이리 맥팔레인, 『안녕이란 말로 충분해요』

나는 내가 만났던 모든 것의 일부다

배는 항구에서는 안전하다. 그러나 배는 항구에 머물기 위해 존재하는 게 아니다.

윌리엄 G. T. 셰드

삶을 회피한다고 해서 마음의 평안을 얻을 수 있는 것은 아니다.

버지니아 울프

아무도 듣지 않는다는 사실이 침묵해야 하는 이유는 되지 못한다.

빅토르 위고, 『레 미제라블』

사람들은 참 이상하다. 하찮은 일들에는 끊임없이 분노하면서, 자신들의 삶 전부를 허비하는 것 같은 중요한 문제에는 거의 신경 쓰지 않는 것 같다.

찰스 부코스키

당신의 재능을 숨기지 마라. 재능은 쓰라고 주어진 것이다. 그늘에 있는 해시계가 무슨 쓸모가 있겠는가?

벤저민 프랭클린

아이디어는 생각하기 위한 것이 아니라 실천하기 위해 존재하는 것이다.

앙드레 말로, 『예술적 창조』

나는 내가 만났던 모든 것의 일부다

이성적인 사람은 자신을 세상에 맞춘다. 반면 비이성
적인 사람은 세상이 자신에게 맞춰줄 것을 고집한다.
따라서 모든 진보는 비이성적인 사람에게 달려 있다.

조지 버나드 쇼, 『인간과 초인』

세상에는 시도하지 않는 한 불가능해 보이는 것들이
많다.

앙드레 지드, 『한 알의 밀이 죽지 않으면』

자신이 어떤 변화를 가져오기에는 너무 미미하다고 생
각되면 모기와 함께 잠을 자보라.

텐진 가초(달라이 라마 14세)

세상에서 가장 큰 나무는 아주 작은 하나의 싹에서
비롯되었고, 9층짜리 탑은 한줌의 흙으로부터 세워졌
다.

노자

나는 내가 만났던 모든 것의 일부다

나는 매일 아침 거울을 들여다보며 나 자신에게 묻곤
했다. "오늘이 내 인생의 마지막 날일지라도 난 오늘
하려는 일을 하고 싶어할 것인가?" 그리고 대답이 너
무 자주 연이어 "아니다"일 경우에는 무언가를 바꿔
야 할 필요가 있음을 알게 된다.

스티브 잡스

우리는 하루 만에 태어나고 하루 만에 죽는다. 하루
만에 무언가를 변화시킬 수도 있으며, 하루 만에 사랑
에 빠지기도 한다. 단 하루 만에 뭐든지 일어날 수 있
다.

게일 포먼, 『저스트 원 데이』

만약 당신에게 우주선을 탈 기회가 주어진다면 어떤
자리냐고 묻지 말고 무조건 올라타라.

에릭 슈밋

좋은 책들은 그들의 비밀을 한꺼번에 내보이지 않는
다.

스티븐 킹

문학은 책이 필수품인 사람들에게만 삶을 밝혀준다.

앤서니 파월

책들을 모아라. 당장 읽을 계획이 없다고 할지라도.
읽지 않은 책들을 모아놓은 서가보다 중요한 것은 없
다.

존 워터스

나는 내가 만났던 모든 것의 일부다

행복은 천연두와 비슷합니다. 너무 일찍 걸리면 얼굴을 몽땅 망가뜨릴 수 있습니다.

귀스타브 플로베르, 「루이즈 콜레에게 보내는 편지」

나는 더이상 "어쩌면"이라는 말을 덧붙이고 싶은 유혹을 느끼지 않고는 단정적인 문장을 쓰지 못한다.

앙드레 지드, 「일기」

잃을 게 아무것도 없는 사람과는 절대 경쟁하지 마라.

발타사르 그라시안

삶은 각자의 용기에 비례하여
줄어들거나 확장된다.

아나이스 닌

프로처럼 규칙들을 익혀라. 예술가처럼 그것들을 깰
수 있도록.

파블로 피카소

어떤 선호가 없는 사람에게 '길'을 발견하는 일은 어렵
지 않다. 사랑과 증오가 부재할 때는 모든 게 명확하
고 솔직해진다.

승찬

언젠가는 바로 지금이다.

개디 버그만

비바람 속에서 춤추기

- 내 인생의 무지개를 찾아서 -

스스로
길이 되지 않고는
어떤 길도 여행할 수 없다.

붓다

한겨울에 난 내 안에서 불굴의 여름을 발견했다.

알베르 카뮈

행운은 준비가 기회를 만날 때 생기는 것이다.

루키우스 세네카

진정한 발견의 여행은 낯선 풍경들을 발견하는 게 아
니라 새로운 눈을 뜨는 데 있다.

마르셀 프루스트, 『잃어버린 시간을 찾아서』

나를 쓰러뜨리지 못하는 것은 나를 더욱 강하게 만
들 뿐이다.

프리드리히 니체, 『우상의 황혼』

진짜 현실은 언제나 비현실적이다.

프란츠 카프카

자신의 의견이 별난 게 아닐까 두려워 마라. 오늘날 인
정받는 모든 의견은 한때는 엉뚱한 것으로 취급받았다.

버트런드 러셀

당신은 세상이 당신에게 어떤 사람이 되어야 한다고
말하기 전에 자신이 어떤 사람이었는지 기억나나요?

찰스 부코스키, 『우체국』

다른 사람들과 함께 살 수 있으려면 먼저 나 자신과
사는 법을 배워야 한다. 결코 대중의 법칙을 따라서는
안 되는 한 가지는 자신의 양심이다.

하퍼 리, 『앵무새 죽이기』

나는 내가 만났던 모든 것의 일부다

매일을 당신이 거두는 수확이 아닌 당신이 뿌리는 씨들로 판단하라.

로버트 루이스 스티븐슨

현재를 개선시키면 다음에 올 것들도 마찬가지로 더 나아질 것이다.

파울로 코엘료, 『연금술사』

길을 가로막는 돌들로도 아름다운 것을 지을 수 있다.

요한 볼프강 폰 괴테

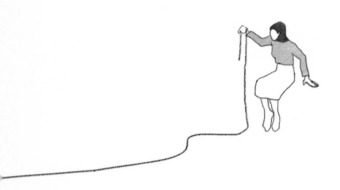

중요한 것은 질문하기를 멈추지 않는 것이다.
호기심은 자신만의 존재 이유를 지니고 있다.

알베르트 아인슈타인

당신을 공격하는 적들을 두려워 말고 당신을 칭찬하
는 친구들을 두려워하라.

데일 카네기, 『카네기 인간관계론』

빛은 밝음을 상상하는 게 아니라 어둠을 의식하는 데
서 비롯된다.

카를 구스타프 융

당신의 앞날을 예견하는 가장 좋은 방법은 그것을 창
조하는 것이다.

에이브러햄 링컨

자신이 사는 시대의 편견들이 어떤 것들인지 잘 알아
둘 필요가 있다. 그것들과 너무 정면으로 맞서거나
맹목적으로 좇지 않기 위해서다.

몽테스키외

나는 평화를 깨뜨리는 사람이 되지 않고는 철학을 가
르치는 법을 알지 못한다.

바뤼흐 스피노자

성장한다는 것은 어떤 환상들을 또다른 환상들로 대
체하는 것을 의미한다.

버지니아 울프

나는 내가 만났던 모든 것의 일부다

기억하라 소년이여, 때로 친절한 행동은 칼만큼 강력
할 수 있다는 것을.

릭 라이어던

사람들로 하여금 당신을 칭찬하게 만드는 유일한 방
법은 그럴 만한 일을 하는 것뿐이다.

볼테르

먼저 필요한 것을 하고, 그다음에는 할 수 있는 것을
하라. 그러면 갑자기 불가능한 일을 하고 있는 자신
을 보게 될 것이다.

아시시의 성 프란체스카

사람이 적응하지 못할 삶의 조건이란 없다. 특히 주위의 모든 사람들이 똑같은 방식으로 사는 것을 보게 될 경우에는 더욱 그렇다.

레프 톨스토이, 『안나 카레니나』

삶이란 폭풍우가 지나가기를 기다리는 것이 아니라, 비바람 속에서 춤추기를 배우는 것이다.

비비안 그린

나는 내가 만났던 모든 것의 일부다

지혜로운 사람은 꽃병이나 도구처럼 한 가지 용도만
있는 게 아니다. 그는 모든 것에 잘 적응한다.

공자

지평선을 바라보는 사람은 자기 앞에 있는 초원을 보
지 못한다.

중국 속담

지상에서 별들까지 가는 데 쉬운 길은 없다.

루키우스 세네카

새로운 매일매일은 당신이 채워야 하는 삶의 다이어리 속의 빈 페이지다. 성공의 비결은 그 다이어리를 당신이 할 수 있는 한 최고의 스토리로 변화시키는 데 있다.

더글러스 페이글

미래는 모든 사람이 한 시간에 육십 분의 속도로 도달하는 어떤 것이다. 그가 누구든, 무엇을 하든 간에.

C. S. 루이스

기대는 삶의 가장 큰 족쇄다. 내일을 예상하느라 오늘을 잃어버리기 때문이다.

루키우스 세네카

숙명은 우리가 그것을 믿는 순간 현실이 된다.

시몬 드 보부아르, 『제2의 성』

나는 내가 만났던 모든 것의 일부다

내일을 기다리지 말고 오늘을 사십시오. 오늘 당장 인생의 장미꽃들을 꺾으십시오.

피에르 드 롱사르, 『엘렌에게 바치는 소네트』

노력해야 하는 사람은 당신이다. 과거의 현인들은 단지 길을 가리켜줄 뿐이다.

담마빠다

산다는 것은 세상에서 가장 드문 일이다. 대부분의 사람은 단지 존재할 뿐이다.

오스카 와일드, 『사회주의에서의 인간의 영혼』

언어는 사람들의 마음을 여는 열쇠다.

아흐메드 디다트

작가는 죽으면 책이 된다. 따지고 보면 환생치고는
그리 나쁘지 않은 것 같다.

호르헤 루이스 보르헤스

드문 지성을 지닌 사람을 만나게 되면 그가 무슨 책
을 읽는지를 물어봐야 한다.

랠프 왈도 에머슨

커다란 행복은 하늘에서 주어지고, 작은 행복들은 노
력에서 비롯된다.

중국 속담

나는 내가 만났던 모든 것의 일부다

삶이 너무 진지해지지 않게 하는 것은
매우 어렵고 대단한 기술을 요하는 일이다.

존 어빙, 『뉴햄프셔 호텔』

누구나 역사를 만들 수 있다. 하지만 위대한 사람만
이 역사를 쓸 수 있다.

오스카 와일드, 「예술가로서의 비평가」

행복은 삶에서의 가장 위대한 쟁취다. 자신에게 가해
진 운명과 맞서서 스스로 쟁취하는 것이다.

알베르 카뮈, 「독일인 친구에게 보내는 편지」

나는 내가 만났던 모든 것의 일부다

행복의 가장 중요한 비결은 자신과 잘 지내는 것이다.

퐁트넬

고추처럼 굴지 마라. 사람들이 당신을 싫어할 테니.
설탕처럼 굴지도 마라. 사람들이 당신을 먹어버릴 것
이다.

투아레그족 속담

나는 생각한다, 고로 나는 존재한다.

르네 데카르트, 『방법서설』

말은 생각이 입는 옷이다.

사뮈엘 베케트

인간은 갈대와 같다. 자연에서 가장 연약한 존재다.
그러나 생각하는 갈대다.

블레즈 파스칼, 『팡세』

모든 찬사는 언어로 된 햇살이다.

로버트 오벤

무언가를 줄 때는 기쁜 마음으로 웃으면서 주어라.

조제프 주베르

나는 내가 만났던 모든 것의 일부다

살면서 언제나 내가 원하는 대로 행동하거나 내가 말
하고 싶은 대로 말할 수는 없다. 그래서 난 대부분
미소로 그 간극을 메우곤 한다.

힐러리 더프

나는 대답을 알고자 하지 않는다. 나는 질문을 이해
하려고 노력한다.

빅토르 위고, 『에르나니』

무수히 많은 사람이 사과가 떨어지는 것을 보았다.
그러나 오직 뉴턴만이 "왜?"라고 자문했다.

버나드 바루크

우리에게는 사는 데 필요한 것들만큼 살아야 하는 이
유가 필요하다.

아베 피에르

우리를 인간답게 해주는 세 가지는 삶의 의미를 알고
자 하는 욕구, 사랑하는 능력 그리고 웃는 능력이다.

보리달마

우리를 행복하게 하는 날들은 우리를 현명해지게 한
다.

존 메이스필드

행복한 사람은 서두를 필요가 없다.

중국 속담

나는 내가 만났던 모든 것의 일부다

무언가를 찾는 사람에게는 단 하나의 확신만으로도
충분하다.

알베르 카뮈, 『시지프 신화』

열정은 배의 돛을 부풀리는 바람과 같다. 때로는 배
를 물에 잠기게 하지만, 열정이 없이는 항해할 수 없
다.

볼테르, 『자디그』

당신은 때로는 삶의 목표를 가질 필요가 없다. 큰 그
림을 알 필요도 없다. 단지 다음번에 무엇을 할지 그
것만 알면 된다.

소피 킨셀라, 『길들여지지 않은 여신』

당신에게 확실한 성공 공식을 알려줄 수는 없지만 실패를 위한 공식을 말해줄 수는 있다. 언제나 모든 사람의 마음에 들도록 노력하라는 게 그것이다.

허버트 스워프

사회문제에 무관심한 선한 사람들은 사악한 사람들의 지배를 받는 것으로 그 대가를 치른다.

플라톤

우리는 불평하고 변명하기를 멈추고 변화를 만들기 시작할 때 비로소 성숙해졌다고 말할 수 있다.

로이 T. 베넷, 『마음속의 빛』

나는 내가 만났던 모든 것의 일부다

배를 만들기를 원한다면, 사람들로 하여금 나무를 모아 오고 작업을 분담하게 하거나 지시를 내리려고 애쓰지 마라. 그 대신 그들에게 거대하고 끝없는 바다를 열망하기를 가르쳐라.

작자 미상

당신은 아무도 바꿀 수 없다. 그러나 누군가가 바뀌는 이유가 될 수는 있다.

로이 T. 베넷, 『마음속의 빛』

절대 실수를 저지르지 않는 사람은 아무것도 시도한
적이 없는 사람뿐이다.

시어도어 루스벨트

당신이 하는 모든 것은 욕망이나 두려움의 감정에서
촉발된다.

브라이언 트레이시

나는 내가 만났던 모든 것의 일부다

존재는 본질을 앞선다.

장 폴 사르트르, 『실존주의는 휴머니즘이다』

다른 사람들이 읽는 책들만을 읽는다면 다른 사람들이 생각하는 것만을 생각할 수 있을 뿐이다.

무라카미 하루키, 『노르웨이의 숲』

창조한다는 것은 자신의 운명에 하나의 형태를 부여하는 것이다.

알베르 카뮈, 『시지프 신화』

그 무엇도 그 누구도 흉내 내지 마라. 다른 사자를
흉내 내는 사자는 원숭이가 된다.

빅토르 위고, 『돌무더기』

재능은 아무도 맞히지 못하는 목표물을 맞힌다. 천재
는 아무도 보지 못하는 목표물을 맞힌다.

아르투르 쇼펜하우어

당신이 잘하는 것은 그게 무엇이든 행복에 기여한다.

버트런드 러셀

나는 내가 만났던 모든 것의 일부다

창의성의 가장 큰 적은 양식(良識)이다.

파블로 피카소

우주는 당신이 생각만으로 청하는 것을 주지 않는다.
우주는 당신이 행동과 함께 요구하는 것만을 준다.

스티브 마라볼리

나는 반항한다. 고로 존재한다.

알베르 카뮈, 『여름』

인간은 있는 그대로의 자신이기를 거부하는 유일한
피조물이다.

알베르 카뮈, 『반항적 인간』

터무니없는 것을 시도하는 사람들만이 불가능한 것을
이룰 수 있다.

알베르트 아인슈타인

나는 내가 만났던 모든 것의 일부다

스스로의 주인인 사람이 세상의 주인인 사람보다 위대
하다.

붓다

자연은 우리에게 하나의 혀와 두 개의 귀를 주었다.
우리가 말하는 것의 두 배를 들을 수 있도록 하기 위
해서다.

스토아학파의 제논

말과 생각의 관계는 금과 다이아몬드의 관계와 같다.
말은 생각을 드러내기 위해 필요하지만 아주 조금만
필요할 뿐이다.

볼테르, 『우언집(愚言集)』

지식은 이야기하고, 지혜는 듣는다.

지미 헨드릭스

우월한 사람이란 먼저 자신이 하고자 하는 말을 실천한 다음 자신의 행동과 일치하는 말을 하는 사람이다.

공자

영혼은 그 생각들의 색깔로 물들게 된다.

마르쿠스 아우렐리우스, 『명상록』

나는 내가 만났던 모든 것의 일부다

난 미친 게 아니다. 내 머리가 당신들 것과 다를 뿐이다.

시노페의 디오게네스

우리는 우리 자신이 할 수 있다고 느끼는 것에 비추어 스스로를 평가한다. 그러나 다른 사람들은 우리가 이미 한 것으로 우리를 판단한다.

헨리 워즈워스 롱펠로

자신이 이루었다고 믿는 것의 포로로 머물러 있지 마라.

이반 아마르

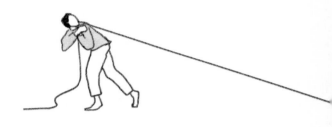

세상에는 아주 다른 두 종류의 고독이 있다.
하나는, 사람들로 하여금 안으로 움츠러들게
하면서 존재를 작아지게 한다. 다른 하나는,
사람들로 하여금 스스로를 넘어서게 하면서
존재를 커지게 한다.

엘루아 르클레르

아무리 혜안을 가진 사람이라도 결코 자신의 등은 보지 못한다.

중국 속담

우리에게 이상은 선원에게 별이 의미하는 것과 같다. 그곳에 도달할 수는 없지만 안내자가 될 수는 있다.

알베르트 슈바이처

내 머리가 용납할 수 없는 것을 결코 내 입이 내뱉게 하지 마라.

루이 암스트롱, 『뉴올리언스에서의 내 삶』

모든 인간에게는 세 종류의 삶이 있다. 공적인 삶과 사적인 삶 그리고 비밀스러운 삶이 그것이다.

가브리엘 가르시아 마르케스, 『가브리엘 가르시아 마르케스: 삶』

단호한 걸음으로 나쁜 길을 걷는 것보다 절뚝거리면서 올바른 길을 따라가는 게 낫다.

아우렐리우스 아우구스티누스

믿음이란 아직 동이 트지 않았을 때 빛을 느끼고 노래 부르는 새와 같다.

라빈드라나드 타고르

나는 인간이 누군가를 내려다볼 권리가 있는 것은 그를 일으켜줄 때뿐이라고 배웠다.

가브리엘 가르시아 마르케스

나는 내가 만났던 모든 것의 일부다

어떤 꿈을 좇는 동안 그것을 잊지 않으려면 그럴 수
있을 만큼 충분히 큰 꿈을 가져야 한다.

윌리엄 포크너, 『사토리스』

각자 자신의 생각들을 살펴보면 모두가 과거와 미래
에 집중돼 있음을 알게 될 것이다. 우리는 현재는 거의
생각하지 않는다.

블레즈 파스칼, 『팡세』

다정한 말 한마디는 무쇠로 된 문마저 열 수 있다.

불가리아 속담

중요한 것은 아주 작은 몸짓에 담긴 사랑의 강렬함이다.

테레사 수녀

미소는 전기보다 비용이 적게 들지만 더 많은 빛을 발산시킨다.

아베 피에르

돌이 식물인 것처럼, 식물이 동물인 것처럼, 동물이 인간인 것처럼 대하라.

아메리카 인디언의 지혜

행복을 선호하는 것은 부끄러운 게 아니다.

알베르 카뮈, 『페스트』

나는 내가 만났던 모든 것의 일부다

기대하는 행복은 지금 누리는 행복보다 아름답다.

앙드레 모루아, 『9월의 장미들』

이 생애에서 행복을 갈망하는 것은 반항 정신의 징표
나 다름없다.

헨리크 입센, 『유령』

행복이라는 말의 뜻을 알고자 한다면 목표가 아닌
보상으로 이해해야만 한다.

앙투안 드 생텍쥐페리, 『수첩』

어떤 광신(狂信)이 없이는 위대한 것을 이룰 수 없다.

귀스타브 플로베르

지금 입증된 것은 한때는 단지 상상되었던 것이다.

윌리엄 블레이크

상상력의 도약이나 꿈이 없다면 우린 가능성으로 인해
흥분하는 일은 없을 것이다. 따지고 보면 꿈꾸기란
계획의 한 형태이기 때문이다.

글로리아 스타이넘

나는 내가 만났던 모든 것의 일부다

길은 중요하지 않다. 모든 길은 다 비슷하다. 중요한
것은 마음이 담긴 길을 따라가는 것이다.

카를로스 카스타네다

의견은 앎과 무지 사이의 중간자다.

플라톤

논리와 철학과 이성적인 설명에만 기대는 사람들은 마
음의 가장 고귀한 부분을 굶어 죽게 하고 말 것이다.

윌리엄 버틀러 예이츠

한 사람의 크기는 그를 화나게 하는 것으로 가늠할
수 있다.

데일 카네기

우리는 불필요한 것들만이 유일하게 필요한 시대에
살고 있다.

오스카 와일드, 『도리언 그레이의 초상』

가장 훌륭한 전사는 적을 자신의 친구로 만드는 사
람이다.

파울로 코엘료, 『다섯번째 산』

나는 내가 만났던 모든 것의 일부다

닭들하고 어울리면 꼬꼬댁거리게 될 것이고, 독수리들
하고 어울리면 하늘을 날게 될 것이다.

스티브 마라볼리

다른 사람들의 글로써 당신 자신을 개선하는 데 당신
의 시간을 사용하라. 그러면 그들이 어렵게 성취한 것
을 손쉽게 얻을 수 있을 터이니.

소크라테스

잘 통제된 군주제하에서 백성들은 커다란 그물에 걸린 고기들이나 다름없다. 그들은 스스로 자유롭다고 생각하지만 사실은 그물에 갇혀 있는 것이다.

몽테스키외, 『생각들』

민주주의는 다수를 위한 법이 아니라 소수를 보호하기 위한 것이다.

알베르 카뮈

당신의 분노를 사람이 아닌 문제로 향하게 하며, 당신의 에너지를 변명이 아닌 해결책에 집중하라.

윌리엄 아서 워드

나는 내가 만났던 모든 것의 일부다

위대한 지도자들은 추종자들이 아닌 더 많은 지도자
를 만들어낸다.

로이 T. 베넷, 『마음속의 빛』

종교의 주된 힘은 사람들이 종교를 믿는 데서 온다.
반면에 인간의 법이 지닌 힘은 사람들이 그 법을 두려
워하는 데서 비롯된다.

몽테스키외

누군가가 어떤 문제를 알아차리고도 그것을 해결하
는 데 힘을 보태지 않는다면 그 역시 문제의 일부가
된다.

아메리카 인디언의 지혜

잘못을 고백하는 것을 부끄러워해서는 안 된다. 그것은 어제보다 오늘 더 현명해졌음을 보여주는 것이기 때문이다.

조너선 스위프트

당신이 약속하는 것이 정당하고 가능한 것인지 잘 살펴라. 약속은 하나의 빚이기 때문이다.

공자

말할 줄 아는 사람은 실수를 저지르지 않고, 셈할 줄 아는 사람은 수판이 필요 없으며, 지킬 줄 아는 사람은 자물쇠가 필요하지 않고, 여행할 줄 아는 사람은 흔적을 남기지 않는다.

노자

나는 내가 만났던 모든 것의 일부다

우리는 다른 사람들의 학식으로 인해 유식해질 수는 있지만 스스로의 지혜에 의해서만 현명해질 수 있다.

미셸 드 몽테뉴, 『수상록』

내가 신념을 위해 죽는 일은 절대로 없을 것이다. 내가 틀릴 수도 있기 때문이다.

버트런드 러셀

우리 삶의 우연들은 우리를 닮는다.

엘자 트리올레

잘 못해도 괜찮아

- 멈추지 않는 용기 -

인간은
장애물과 겨룰 때
자신이 누군지 알게 된다.

앙투안 드 생텍쥐페리, 『인간의 대지』

불행이 돕지 않는다면 행복은 없을 것이다.

러시아 속담

지나간 불운을 슬퍼하는 것은 새로운 불운을 야기하는 가장 확실한 방법이다.

윌리엄 셰익스피어, 『오셀로』

절망의 습관은 절망 자체보다 훨씬 무서운 것이다.

알베르 카뮈, 『페스트』

슬픔의 새들이 당신 머리 위를 나는 건 막을 수 없지만 당신 머리 위에 둥지를 짓는 것은 막을 수 있다.

중국 속담

불행한 사람은 체념함으로써 자신의 불행을 완성시킨다.

오노레 드 발자크, 『세자르 비로토』

인간은 자신의 고통만 생각하기를 좋아한다. 자신이 누리는 행복은 따져보지 않는다.

표도르 도스토옙스키

웃음은 두려움에는 독약과 같다.

조지 R. R. 마틴, 『왕좌의 게임』

나는 내가 만났던 모든 것의 일부다

위기는 언제나 새로운 것을 가져다준다. 예상치 못했던 해결책들을 발견하게 해주기 때문이다.

르네 뒤보

시간은 종종 조언자들보다 훨씬 지혜롭다.

이반 오두아르

이 사악한 세상에서 영구적인 것은 아무것도 없다, 우리의 고통마저도.

찰리 채플린

나는 훈련의 매 순간을 증오했지만 그럴 때마다 이렇게 되뇌었다. "포기하지 말자. 지금 고통받고 남은 삶을 챔피언으로 살아가자."

무하마드 알리

인간은 자신이 상상할 수 없는 것을 할 수 있는 능력을 가지고 있다.

르네 샤르, 『히프노스의 장(張)』

모든 문제는 하나의 선물이다. 문제가 없다면 우리는 성장하지 못한다.

토니 로빈스

나는 내가 만났던 모든 것의 일부다

당신이 실패하는 유일한 순간은 넘어졌을 때 그대로
머물러 있는 경우다.

스티븐 리처드,
『코즈믹 오더링: 당신은 성공할 수 있다』

당신의 장애물은 기회로, 당신의 문제는 가능성으로
변화시켜라.

로이 T. 베넷, 『마음속의 빛』

어떤 보석도 마찰 없이 연마될 수 없는 것처럼, 어떤
사람도 시련 없이 자신의 경험을 완성할 수 없다.

공자

신은 우리로 하여금
삶의 가장 낮은 지점들을 경험하게 해준다.
다른 방식으로는 결코 배울 수 없는
가르침을 주기 위해서.

C. S. 루이스

고통이 지나가면 그것을 기억하는 것이 종종 하나의
기쁨이 된다.

제인 오스틴, 『설득』

실패는 우리가 성공에 이르기 위해 오르는 계단이다.

로이 T. 베넷, 『마음속의 빛』

진정으로 웃기 위해서는 자신의 고통을 받아들이고
함께 놀 줄 알아야 한다.

찰리 채플린

당신의 문제들을 생겨나게 했던 정신 상태로는 그 문
제들을 해결할 수 없다.

알베르트 아인슈타인

살다보면 필요 이상으로 우리를 괴롭게 하고, 미리부터 우리를 괴롭게 하고, 아무런 이유 없이 우리를 괴롭게 하는 게 있다. 우리는 자신의 고통을 확대하고 앞지르고 만들어낸다.

루키우스 세네카

나는 내가 만났던 모든 것의 일부다

자신과의 불화는 가장 큰 죄악이다.

앙드레 모루아

환하게 웃을 줄 아는 것은 고결한 영혼을 지녔다는
증거다.

장 콕토

당신 자신 안에서 평화를 찾을 수 없다면 다른 어디에
서도 그것을 찾을 수 없을 것이다.

마빈 게이

세상에서 가장 불행한 사람들은 끊임없이 다른 사람
들의 생각에 신경 쓰는 이들이다.

C. 조이벨 C.

애써 설명하느라 당신의 시간을 낭비하지 마라. 사람
들은 자신이 듣고 싶은 것만을 듣는 법이다.

파울로 코엘료

나는 내가 만났던 모든 것의 일부다

아무것도 기대하지 않게 된 이래로 내게는 매 순간 내가 기대하지 않았던 일들이 일어나고 있다.

클로드 루아, 『나날의 만남들』

스스로에 대해 알려고 하지 않는 것은 운명의 형태로 밖으로부터 찾아오고야 만다.

카를 구스타프 융, 『영혼을 찾는 현대인』

우리는 결코 자신이 생각하는 것만큼 그렇게 완전한 승리자도 완전한 패배자도 아니다.

샤를 드 몽탈랑베르

행복하기 위해서는 좋은 건강과 나쁜 기억력이 필요
하다.

잉그리드 버그만

행복은 우리가 겪지 않은 모든 불행의 총합이다.

마르셀 아샤르

우리는 운명을 피하고자 선택한 길에서 종종 그 운명
을 만나기도 한다.

골디 혼

나는 내가 만났던 모든 것의 일부다

세상을 지옥처럼 느끼게 하는 것은 그곳이 천국처럼 느껴져야 한다는 우리의 기대이다.

척 팔라닉, 『저주받은 자』

삶의 의미가 사라져도 여전히 삶은 남아 있다.

알베르 카뮈, 『반항적 인간』

진정한 사랑은 진정한 우정과 마찬가지로 내면의 고
독을 필요로 한다.

안셀름 그륀

작가에게 저주란 혼자 있는 순간에조차도, 그 기간이
얼마든지 간에, 결코 외로움이나 지루함을 느끼지 않
는다는 것이다.

크리스 자미, 『킬로소피』

기억하라. 당신이 외롭다고 느끼는 순간이 무엇보다
혼자 있는 게 필요한 시간이다. 이것이 인생의 가장 잔
인한 아이러니다.

더글러스 커플랜드, 『샴푸 플래닛』

나는 내가 만났던 모든 것의 일부다

삶은 복잡하지 않아. 복잡한 건 우리들이야. 삶은 단
순해. 그리고 단순한 게 옳은 거야.

오스카 와일드, 「로버트 로스에게 보내는 편지」(『서간집』)

사람들이 당신을 비웃는다면 그건 당신이 뭔가 옳은
일을 하고 있다는 뜻이다.

에반에센스

누구도 당신의 동의 없이 당신으로 하여금 열등감을
느끼게 할 수 없다.

엘리너 루스벨트, 『나의 이야기』

세상에서 가장 되기 쉬운 것은 당신 자신이다. 가장 되기 어려운 것은 다른 사람들이 원하는 대로의 당신이다. 사람들이 당신을 그러한 상황에 처하게 하도록 놔두지 마라.

레오 버스카글리아

치열한 생존경쟁(the rat race)이 지닌 문제는 거기서 살아남더라도 우리는 여전히 쥐라는 것이다.

릴리 톰린

길을 잃었을 때 더 빨리 달리는 것은 인간의 아이러니한 습관이다.

롤로 메이

중요한 것은 치유하는 것이 아니라 자신의 아픔과 함께 살아가는 것이다.

알베르 카뮈, 『시지프 신화』

나는 내가 만났던 모든 것의 일부다

글을 왜 쓰느냐고요?
삶이 불만족스럽기 때문이죠.

테네시 윌리엄스

삶에는 해답이 없다. 전진하는 힘들이 있을 뿐이다.
그 힘들을 창조해내면 해답은 저절로 뒤따라온다.

앙투안 드 생텍쥐페리

성공은 결정적인 게 아니며, 실패는 치명적인 게 아니
다. 중요한 것은 멈추지 않는 용기다.

윈스턴 처칠

내 마음이 좁다면 세상이 거대한들 무슨 소용이 있겠
는가?

아르메니아 속담

나는 내가 만났던 모든 것의 일부다

침묵과 고독 속에서는 본질적인 것밖엔 들리지 않는다.

카미유 벨기즈, 『침묵의 메아리』

우리의 모든 문제는 혼자 있지 못하는 데서 비롯된다.

장 드 라 브뤼예르, 『성격론』

슬픔은 두 개의 정원 사이에 세워진 벽이다.

칼릴 지브란

편견보다 원자핵을 부수는 게 더 쉽다.

알베르트 아인슈타인

판타지는 현실로부터의 도피가 아니다. 현실을 이해하는 하나의 방식이다.

로이드 알렉산더

나는 내가 만났던 모든 것의 일부다

오늘날의 세상은 말이 되지 않는다. 그런데 왜 난 말이 되는 그림을 그려야 하는가?

파블로 피카소

아래만 내려다보고 있으면 절대 무지개를 발견할 수 없다.

찰리 채플린

당신의 마음은 새장이 아니라 정원이다. 따라서 가꿔야 할 필요가 있다.

리바 브레이

승리를 통해서는 배울 게 별로 없지만 패배를 통해서
는 많은 것을 배운다.

일본 속담

우리는 모두 시궁창에 있지만 그중 누군가는 별을 바
라보고 있다.

오스카 와일드, 『윈더미어 부인의 부채』

인간이 불행한 것은 야망이 있기 때문이 아니라 그 야
망에 잡아먹히기 때문이다.

몽테스키외

나는 내가 만났던 모든 것의 일부다

모든 과도함은 모든 포기와 마찬가지로 스스로에 대한 벌을 야기한다.

오스카 와일드

때로는 무언가를 이해하려고 애쓰지 않는 편이 낫다. 인생은 명확한 것이 아니다. 언제나 회색 지대가 있기 마련이다.

알렉산드라 아도르네토, 『후광』

현명해지는 기술은 무엇을 간과할지를 아는 데 있다.

윌리엄 제임스

삶의 고통에서 벗어나려면 자기 인생의 관객이 되어야
한다.

오스카 와일드, 『도리언 그레이의 초상』

슬픔을 조심하십시오. 슬픔은 하나의 악덕입니다.

귀스타브 플로베르

세상의 눈물의 총량은 불변이다. 누군가가 울기 시작
하면 어딘가에 있는 다른 누군가는 눈물을 그친다.
웃음에도 마찬가지 법칙이 적용된다.

사뮈엘 베케트, 『고도를 기다리며』

나는 내가 만났던 모든 것의 일부다

근본적인 것들은 하찮은 것들로부터 끊임없이 위협을
받는다.

르네 샤르

모든 것으로부터 멀어지다보면 가장 중요한 것들에
좀더 다가갈 수 있다.

로이크 페이롱

삶을 가능하게 하는 유일한 것은
영속적이고 참기 힘든 불확실성이다.
다음에 무엇이 올지 모르는 것이다.

어슐러 K. 르 귄, 『어둠의 왼손』

화가 났을 때는 절대 아무것도 하지 마라. 폭풍우 속
에서 어떻게 돛을 올릴 수 있겠는가?

아라비아 속담

'어려운 것'은 즉시 할 수 있는 것을 의미하고, '불가
능한 것'은 하는 데 좀더 시간이 걸리는 것을 의미한
다.

조지 산타야나

어떤 문제에 해결책이 있다면 걱정할 필요가 없다. 만
약 해결책이 없다면 걱정한다고 해서 달라질 건 아무
것도 없을 것이다.

티베트 속담

충분히 이해되지 못한 것은 반복해서 일어난다.

지두 크리슈나무르티

세상에는 이미 무수히 많은 좋은 격언들이 존재한다.
우리는 그것들을 적용하기만 하면 된다.

블레즈 파스칼, 『사랑의 열정에 대한 논고』

당신 자신을 찾고 싶다면 먼저 스스로를 버려야 한
다.

자크 란츠만, 『모든 길은 자신에게로 향한다』

나는 내가 만났던 모든 것의 일부다

너 자신을 알라고? 나 자신을 알았더라면 난 멀리 달아나버렸을 것이다.

요한 볼프강 폰 괴테

우리에게는 때때로 아드레날린을 분비시켜서 우리의 잠재력을 실현하는 것을 도와줄 약간의 위기가 필요하다.

제닛 윌스, 『유리 성』

신은 우리가 기뻐하는 순간에는 나직하게 속삭이지만 우리가 고통받는 순간에는 우레와 같은 소리를 낸다. 고통은 무감각해진 세상을 일깨우기 위한 신의 확성기와도 같다.

C. S. 루이스, 『고통의 문제』

무언가를 가장 깊이 느끼는 방법은 그것으로 인해 고
통받는 것이다.

귀스타브 플로베르

어떤 생각들은 기도와 같다. 육체의 태도가 어떻든지
간에 영혼이 무릎을 꿇는 순간이 있기 마련이다.

빅토르 위고

인간은 언제나 자신의 진실들에 사로잡혀 있는 포로
다. 그것들을 받아들인 이상 결코 그것들로부터 자유
로울 수 없다.

알베르 카뮈

나는 내가 만났던 모든 것의 일부다

당신이 있는 곳과 당신에게 주어진 시간을 하찮게 여
기지 마라. 모든 장소는 똑같은 하늘 아래 있으며, 각
각의 장소가 곧 세상의 중심이다.

존 버로스, 『자연과 문학 연구』

죽기 전에 당신 자신을 용서하라. 그런 다음 다른 사람들을 용서하라.

미치 앨봄, 『모리와 함께한 화요일』

존재의 허무함에 대한 생각은 연민을 불러일으킨다. 연민은 자신과 다른 사람들 사이의 거리를 없애준다. 자신과 다른 이들이 하나라는 생각이 타인에게 선을 베풀게 하는 것이다.

밀라레파

배들은 수많은 항구를 향해 항해한다. 그중에서 삶이 고통스럽지 않은 곳으로 향하는 배는 단 하나도 없다.

페르난두 페소아, 『불안의 책』

나는 내가 만났던 모든 것의 일부다

삶에 대한 절망이 없이는 삶에 대한 사랑도 없다.

알베르 카뮈, 『안과 겉』

그림자를 드리우지 않으면 어떻게 내가 실재한다고
할 수 있겠는가? 온전한 존재가 되려면 어두운 면 역
시 필요하다.

카를 구스타프 융

우리는 가장 고귀한 자기희생의 감정들에도 비용을 지불해야만 한다. 이상하게 들릴 수도 있겠지만, 그게 그 감정들을 더 고귀하게 만드는 것이다.

오스카 와일드, 『심연으로부터』

인간은 지혜를 추구하는 동안은 현명할 수 있다. 그러나 그것을 발견했다고 믿는 순간 분별력을 잃는다.

아라비아 속담

슬픔은 뒤를 돌아보고, 걱정은 주위를 둘러보며, 믿음은 위를 올려다본다.

랠프 왈도 에머슨

나는 내가 만났던 모든 것의 일부다

용기는 전진하는 힘을 가졌음을 말하는 게 아니다.
용기란 힘을 갖지 못했을 때에도 계속 나아가는 것을
의미한다.

나폴레옹 보나파르트

위대한 사람들은 독수리를 닮았다. 그들은 어떤 고결
한 고독 위에 그들의 둥지를 짓는다.

아르투르 쇼펜하우어

행복의 문 하나가 닫히면 또다른 문이 열린다. 그러
나 우린 종종 닫힌 문을 너무 오래 바라보느라 우리
를 위해 열려 있는 또다른 문을 보지 못한다.

헬렌 켈러

모든 눈물 속에는 어떤 희망이 서성이고 있다.

시몬 드 보부아르, 『레 망다랭』

실패의 기간은 성공의 씨앗을 뿌리기 위한 최적의 시간
이다.

파라마한사 요가난다

나는 내가 만났던 모든 것의 일부다

나를 달아나게 만든 것은,
단지 정착하는 두려움뿐만 아니라
추한 어떤 것 속에 영구히
머물게 될지도 모른다는 두려움이다.

알베르 카뮈

나는 인간의 완벽성을 조금도 믿지 않는다. 또한 인간의 노력이 인류에게 어떤 괄목할 만한 영향을 미칠 거라고 생각하지도 않는다. 지금의 인간은 육천 년 전의 인간보다 좀더 활동적일 뿐 더 행복하지도 더 현명하지도 않다.

에드거 앨런 포

나는 내가 만났던 모든 것의 일부다

혼탁한 물을 오래 바라보다보면 맑은 물을 보지 못
하게 된다.

장자

아주 불행해지지 않는 가장 확실한 방법은 아주 행복
해질 것을 요구하지 않는 것이다.

아르투르 쇼펜하우어, 『인생의 지혜에 관한 아포리즘』

고독이 정신에 미치는 영향은 다이어트가 몸에 미치는
영향과 같다. 고독이 아무리 필요해도 너무 오래 끌
면 치명적이 될 수 있다.

보브나르그

눈물보다 빨리 마르는 것은 없다.

아폴로니오스 로디오스

눈물 젖은 빵을 먹어보지 못한 사람,
긴긴밤을 눈물 흘리며 새벽이 오는 것을
기다려보지 못한 사람,
그는 당신을 알지 못합니다, 당신, 하늘의 힘들을.

요한 볼프강 폰 괴테, 『빌헬름 마이스터의 수업시대』

나는 내가 만났던 모든 것의 일부다

창조성으로 향하는 길은 정신병원과 아주 가까이 지
나가며 종종 그곳을 돌아가거나 거기서 끝나기도 한
다.

어니스트 베커, 『죽음의 부정』

삶의 비극은 인간이 사는 동안 내면에서 무언가가 조
금씩 죽어간다는 데 있다.

알베르트 아인슈타인

독서하는 습관을 들이는 것은 스스로를 위해 삶의 거
의 모든 고통으로부터의 은신처를 구축하는 것이다.

윌리엄 서머싯 몸, 『책과 당신』

예술은 우리로 하여금 진실을 깨닫게 하는 거짓이다.

파블로 피카소

모든 진정한 예술가는 세상과의 전쟁을 치른다.

앤서니 키에디스, 〈스카 티슈〉

나는 내가 만났던 모든 것의 일부다

문학에서 어려운 것은 무엇을 말하지 않을지를 아는 것이다.

귀스타브 플로베르, 『서간집』

살아낸 만큼

- 경험은 나의 힘 -

삶에서
가장 무거운 짐은
살지 않고 존재하는 것이다.

빅토르 위고, 『징벌시집』

가장 알고 싶어하지 않는 진실들이 가장 알아야 할
필요가 있는 것들이다.

중국 속담

한 시대의 진리는 다른 시대의 오류가 될 수 있다.

몽테스키외, 『페르시아인의 편지』

나는 내가 만났던 모든 것의 일부다.

앨프리드 테니슨, 「율리시스」

모든 진실은 세 단계를 거친다. 처음에는 조롱당하고 그다음에는 강력한 저항에 부딪힌다. 그리고 마지막에는 언제나 명백한 사실이었던 것처럼 여겨지게 된다.

아르투르 쇼펜하우어

세상에서 변한다는 사실 말고 변하지 않는 것은 아무것도 없다.

붓다

삶을 결코 다시 살 수 없다는 사실이 삶을 그토록 달콤하게 느끼게 하는 것이다.

에밀리 디킨슨

당신이 걷고 있는 길이 마음에 들지 않으면 또다른 길을 내기 시작하라.

돌리 파튼

삶은 리모트 컨트롤이 없다. 스스로 일어나서 바꿔야 한다.

마크 A. 쿠퍼

나는 내가 만났던 모든 것의 일부다

통치자의 지혜를 평가하는 첫 번째 방법은 그의 주변 사람들을 살펴보는 것이다.

니콜로 마키아벨리, 『군주론』

작가는 자신이 하나의 제도로 변화하는 것을 스스로에게 허용해서는 안 된다.

장 폴 사르트르,
1964년 10월 22일, 노벨상 수상 거절 연설에서

당신은 당신 삶의 길이에 관해서는 아무것도 할 수 없다. 그러나 삶의 넓이와 깊이에 관해서는 무언가를 할 수 있다.

헨리 루이스 멩켄

피아노를 가졌다고 저절로 피아니스트가 될 수 없는 것처럼 아이를 낳는다고 저절로 부모가 되는 것은 아니다.

마이클 레빈

나는 행복하기로 결심했다. 그러는 게 건강에 좋기 때문이다.

볼테르

행복은 길이에서 부족한 것을 높이로 보완해준다.

로버트 프로스트

나는 내가 만났던 모든 것의 일부다

나는 행복이란 것이 얼마나 단순하고 소박한 것인지를 다시 한 번 깨달았다. 한 잔의 포도주, 군밤, 보잘것없는 작은 화로 그리고 바다의 파도 소리. 그 밖에 뭐가 더 필요할까.

니코스 카잔차키스, 『그리스인 조르바』

행복은 문제의 부재가 아니라 그것을 다룰 줄 아는
능력을 말한다.

스티브 마라볼리

당신 아이를 당신이 아는 것에 맞추려고 하지 마라.
그는 당신이 사는 시대와는 다른 시대에 태어났다.

라빈드라나드 타고르

다른 이들의 감정을 존중하라. 당신에게는 아무것도
아닐 수 있지만 그들에게는 그것이 전부일 수 있기 때
문이다.

로이 T. 베넷

나는 내가 만났던 모든 것의 일부다

타인에게 친절을 베풀라. 당신이 만나는 모든 사람은 힘든 싸움을 하는 중일 테니.

소크라테스

친절의 행위는 아무리 작은 것이라도 결코 헛되이 낭비되는 법이 없다.

이솝

사람들이 당신에게 하기를 원치 않는 것을 다른 사람
에게 하지 마라.

공자

장미는 자신을 꺾으려는 사람에게만 가시를 보인다.

중국 속담

나는 내가 만났던 모든 것의 일부다

내가 거둔 가시들은 내가 심은 나무에서 온 것들이다.
조지 고든 바이런, 『차일드 해럴드의 순례』

당신의 비밀을 바람에게 털어놓는다면, 바람이 그것을 나무들에게 전한다고 해서 바람을 탓해서는 안 된다.
칼릴 지브란, 『방랑자』

인간이 지닌 자질 중에서 가장 보기 드문 것은 일관성이다.
제러미 벤담

행복은 결코 부동(不動)의 것이 아니다. 행복은 불안
속의 휴식이다.

앙드레 모루아, 『사랑의 풍토』

말은 장전된 권총이다.

장 폴 사르트르, 『문학이란 무엇인가』

모든 건 언제나 타이밍이 문제다. 너무 빠르면 아무도
이해하지 못한다. 너무 늦으면 모두 잊어버린다.

애나 윈터

나는 내가 만났던 모든 것의 일부다

삶은
오랫동안 겸손을
배워가는 수업이다.

J. M. 배리, 『꼬마 장관』

나이가 쉰 살이 되면 모두 자신에게 걸맞은 얼굴을 지니게 된다.

조지 오웰

당연한 것은 아무것도 없다. 거저 주어지는 것도 없다. 모든 것은 구축되는 것이다.

가스통 바슐라르, 『과학적 정신의 형성』

아니, 나이 든 사람들이 지혜롭다는 것은 대단한 착각이다. 그들은 현명해지는 게 아니라 조심스러워지는 것뿐이다.

어니스트 헤밍웨이, 『무기여 잘 있거라』

나는 내가 만났던 모든 것의 일부다

우연히 현명해지는 사람은 아무도 없다.

루키우스 세네카

어른들도 모두 한때는 아이였지만 그 사실을 기억하
는 사람은 별로 없다.

앙투안 드 생텍쥐페리, 『어린 왕자』

내가 저질렀던 그 모든 아름다운 실수들이 없었다면
내 삶은 얼마나 헛되이 낭비되었을까?

앨리스 백

인간은 자신이 필요로 하는 것을 찾아 전 세계를 여행
한 뒤 집으로 돌아와 그것을 발견하곤 한다.

조지 오거스터스 무어

하루가 얼마나 근사했는지를 알려면 저녁까지 기다려
야만 한다.

소포클레스

영원히 행복하게 사는 사람은 아무도 없다. 그러나
우린 그 사실을 아이들이 스스로 깨닫게 내버려둔다.

스티븐 킹, 『다크 타워: 칼라의 늑대들』

문제는 시간의 부족이 아니라 방향의 부재다. 하루
스물네 시간은 누구에게나 공평하게 부여돼 있다.

지그 지글러

나는 내가 만났던 모든 것의 일부다

성공은 위험한 것이다. 성공하면 자신을 복제하기 시작한다. 스스로를 복제하는 것은 다른 사람들을 모방하는 것보다 훨씬 위험하다. 불모(不毛)를 야기하기 때문이다.

파블로 피카소

충분한 시간이 없다는 말은 하지 마라. 당신에게는 헬렌 켈러, 파스퇴르, 미켈란젤로, 테레사 수녀, 레오나르도 다빈치, 토머스 제퍼슨 그리고 알베르트 아인슈타인에게 하루에 주어졌던 것과 똑같은 시간이 주어져 있다.

H. 잭슨 브라운 주니어

언제나 모든 것을 설명할 수 있는 것은 아니다.

어니스트 헤밍웨이, 『무기여 잘 있거라』

진실은 빛처럼 눈을 멀게 한다. 거짓은 모든 물체를
돋보이게 하는 멋진 석양과 같다.

알베르 카뮈, 『전락』

낙관주의자와 염세주의자는 그들에게 공통된 커다란
결점을 가지고 있다. 그들 모두 진실을 두려워한다는
게 그것이다.

트리스탕 베르나르

나는 내가 만났던 모든 것의 일부다

당신이 믿는 대로 행동하지 않으면 당신이 행동하는
대로 믿게 될 것이다.

풀턴 J. 쉰

우리가 기억하는 것은 날들이 아니라 순간들이다.

체사레 파베세

인간의 행복은 많은 조각들로 이루어져 있어서 언제나
무언가가 부족할 수밖에 없다.

자크 베니뉴 보쉬에

행복은 행복의 의식적인 추구에 의해 얻어지는 것이 아니다. 행복은 대체로 다른 행위들의 부산물이다.

올더스 헉슬리

내게는 오직 행복의 전조만이 있을 뿐이다. 무슨 일이 일어나든 거기서 이로움을 끌어내는 것은 나한테 달려 있기 때문이다.

에픽테토스

경험은 내게 삶은 장르로 구분할 수 있는 게 아니라는 걸 알게 해주었다. 삶은 호러, 로맨스, 희비극, 공상과학, 카우보이 영화 그리고 탐정 소설로 이루어져 있다. 거기에 약간의 포르노가 더해진다면 당신은 운이 좋은 것이다.

앨런 무어

나는 내가 만났던 모든 것의 일부다

나는 왜 모든 걸 마지막인 것처럼
대하는 법을 배우지 못했을까?
내가 가장 후회하는 것은
미래를 너무 많이 믿었다는 것이다.

조너선 사프란 포어, 『엄청나게 시끄럽고 믿을 수 없게 가까운』

사람은 평생 현명하다가도 한순간에 어리석어질 수 있다.

중국 속담

권력은 그것을 남용할 가능성으로 정의되어야 한다.

앙드레 말로, 『왕도』

어떤 대가를 치르고 성공했는지를 돌이켜보는 것만큼 성공을 철저히 경멸하게 만드는 것은 없다.

귀스타브 플로베르, 『서간집』

나는 내가 만났던 모든 것의 일부다

성공은 얼마나 높이 올라갔느냐가 아니라 어떻게 세상에 긍정적인 변화를 생겨나게 했는가를 의미한다.

로이 T. 베넷, 『마음속의 빛』

인간의 본성에 관해 내가 아는 비극적인 면들 중 하나는 우리 모두는 사는 것을 미루는 경향이 있다는 것이다. 우리는 오늘 자기 집 창문 밖에 핀 장미를 감상하는 대신 지평선 너머에 있을 마법의 장미 정원을 꿈꾸곤 한다.

데일 카네기

모든 사람의 기억은 각자의 사적인 문학이다.

올더스 헉슬리

어리석음은 언제나 고집이 세다.

알베르 카뮈, 『페스트』

현자가 달을 가리킬 때 바보는 손가락을 쳐다본다.

중국 속담

나는 내가 만났던 모든 것의 일부다

세상에는 무한한 것이 두 가지가 있다. 우주와 인간의
어리석음이다. 그런데 난 우주가 무한한지는 잘 모르
겠다.

알베르트 아인슈타인

나는 아무리 무지한 사람에게서도 무언가를 배울 수
있었다.

갈릴레오 갈릴레이

현자가 추구하는 것은 쾌락이 아닌 고통의 부재다.

아리스토텔레스

인간은 하나의 수수께끼다. 수수께끼는 풀어야 할 필요가 있다. 설령 그 수수께끼를 푸느라 평생을 보낸다고 해도 시간을 낭비했다고 생각해서는 안 된다. 나는 그 수수께끼에 대해 연구하는 중이다. 나는 인간이 되고 싶기 때문이다.

표도르 도스토옙스키

나는 내가 만났던 모든 것의 일부다

나는 "당신은 누구입니까?"라는 질문을 언제나 싫어했다. 이것은 철학적 탐구에 관한 것이다. 이 질문에 답하는 것은 우리가 왜 지상에 존재하는가를 설명하는 것과 같다. 이러한 질문에 삼십 초 만에 또는 엘리베이터 안에서 대답할 수는 없다.

샌디 네이션, 『누메년』

궁수는 현자의 본보기다. 그는 과녁의 중앙을 맞히지
못하면 그 원인을 자신에게서 찾는다.

공자

누군가를 판단함으로써 당신은 그를 규정짓기보다
스스로를 규정짓게 된다.

웨인 W. 다이어

기억처럼 기만적인 것도 별로 없다.

카를로스 루이스 사폰, 『바람의 그림자』

나이를 먹을수록, 나이가 지혜를 가져다준다는 가족
의 신조를 점점 더 불신하게 된다.

헨리 루이스 멩켄

나는 내가 만났던 모든 것의 일부다

분노하기를 그만두는 순간 나는 늙기 시작할 것이다.

앙드레 지드, 『속(續) 프레텍스트』

누구나 오래 사는 것은 좋아하면서 늙는 것은 좋아
하지 않는 건 모순이다.

앤디 루니

잘 사는 순간을 미루는 사람은 강물이 다 흘러가기
를 기다리는 농부와 같다.

호라티우스, 『서간시』

사람들은 한 권의 책이 한 사람의 삶 전체를 바꾸어
놓을 수도 있다는 걸 깨닫지 못한다.

맬컴 엑스

좋은 책들을 읽는 것은 지나간 세기들의 훌륭한 사람
들과 대화하는 것과 같다.

르네 데카르트

너무 젊은 때와 너무 늙은 때 사이의 간격이 너무 짧
다는 것이 참으로 유감스럽다.

몽테스키외, 『생각들』

나는 내가 만났던 모든 것의 일부다

잘하기 위해서는 천 일도 충분하지 않다. 잘못하는
데는 단 하루면 충분하다.

중국 속담

절대 바로잡을 수 없는 세 가지가 있다. 날아간 화살,
놓쳐버린 기회 그리고 한번 내뱉은 말이 그것이다.

아라비아 속담

세상에서 성공하려면 미친 것처럼 굴면서 현명하게 처
신했어야 한다는 걸 깨달았다.

몽테스키외, 『생각들』

숟갈로 떠먹이는 것은 결국에는 우리에게 숟갈의 모양
밖엔 알려주지 못한다.

E. M. 포스터

날 수 없는 사람들에게는 우리가 더 높이 올라갈수록
우리가 더 작아 보인다.

프리드리히 니체, 『차라투스트라는 이렇게 말했다』

언젠가 하늘을 나는 법을 배우고 싶은 사람은 먼저
걷고 달리고 오르고 춤추는 법을 배워야 한다. 다짜
고짜 하늘을 날 수는 없는 법이다.

프리드리히 니체

나는 내가 만났던 모든 것의 일부다

픽션과 현실의 차이점은? 픽션은 말이 되어야 한다는 것이다.

톰 클랜시

난 어릴 적에는 커서 훌륭한 사람이 되고 싶다는 생각에 사로잡혀 있었다. 이제야 난 좀더 구체적인 꿈이 필요했다는 것을 깨달았다.

릴리 톰린

욕망의 자루에는 바닥이 없다.

일본 속담

내가 알기로는 지식인들이 행복하기란 굉장히 드문 일
입니다.

어니스트 헤밍웨이, 『에덴동산』

행복해지려고 애쓰지만 않는다면 우리는 얼마간 좋은
시간을 가질 수 있다.

이디스 워튼

나는 내가 만났던 모든 것의 일부다

자신의 편견들을 재배치하는 것에 불과한 것을 '생각하는 것'이라고 여기는 사람들이 굉장히 많다.

윌리엄 제임스

삶의 기술은 우리에게 일어나는 일을 통제하는 게 아니라, 우리에게 일어나는 것을 이용하는 데 있다.

글로리아 스타이넘

사람들은 문학에 너무 많은 것을 기대하지 않는다.
단지 혼란스러운 것이 자신들뿐만이 아니라는 것을
알고 싶어할 뿐이다.

조너선 에임스

나는 내가 만났던 모든 것의 일부다

나는 그 누구에게도 어떤 것도 가르칠 수 없다. 단지
사람들로 하여금 생각하게 할 수 있을 뿐이다.

소크라테스

대중은 알 만한 가치가 있는 것을 제외하고는 모든
걸 알고 싶어하는 끝없는 호기심을 지니고 있다.

오스카 와일드, 『사회주의에서의 인간의 영혼』

괴물들은 실재하는 것이며, 유령들도 진짜다. 그들은
우리 안에 살고 있고, 때때로 우리를 이긴다.

스티븐 킹

울기. 용서하기. 배우기. 앞으로 나아가기. 당신의 눈
물이 미래의 행복의 씨앗을 적시게 하라.

스티브 마라볼리

자신이 얼마나 완벽하게 해내느냐에 초점을 맞추는
대신 자신이 하는 것을 얼마나 진정으로 사랑할 수
있는지에 집중하라.

리오 바바우타

나는 내가 만났던 모든 것의 일부다

오랜 여행의 가장 어려운 부분은
집으로 돌아오는 것이다.
당신이라는 조각이 퍼즐보다 훌쩍 커져버려서
더이상 끼워 맞출 수 없기 때문이다.

신디 로스

가장 깊은 곳에 있는 물이 가장 잔잔한 법이다.

윌리엄 셰익스피어, 『한여름 밤의 꿈』

사람들에게서 나쁜 면을 찾고자 하는 사람은 반드시
그것을 발견하고야 만다.

에이브러햄 링컨

나의 철학은 나에게 아무것도 가져다주지 못했지만
많은 것을 면하게 해주었다.

아르투르 쇼펜하우어, 『인생의 지혜에 관한 아포리즘』

나는 내가 만났던 모든 것의 일부다

행복을 수학적 공식으로 나타내면 현실을 기대들로 나눈 값이 된다. 따라서 행복해지는 데는 두 가지 방법이 있다. 자신의 현실을 개선시키거나 기대치를 낮추는 게 그것이다.

조디 피콜트, 『19분』

삶은 결코 아름답지 않다. 오직 삶의 이미지들만이 아름다울 뿐이다.

아르투르 쇼펜하우어

아무것도 하지 않는 것은 아이들에게는 행복이고 노인들에게는 불행이다.

빅토르 위고, 『돌무더기』

인간의 적응 능력은 매우 놀랍다. 그러나 변화하는
능력은 별로 대단하지 않다.

리저 러츠, 『네 집사를 믿지 마라』

그를 둘러싼, 과거로 가득찬 책들의 벽은 현재의 세계
와 그 재앙들로부터 그를 보호하는 일종의 방호벽을
이루었다.

로스 맥도널드

나는 내가 만났던 모든 것의 일부다

성공이 내포하는 위험은 세상의 끔찍한 부당함을 잊
게 만든다는 데 있다.

쥘 르나르, 『일기』

세상의 악은 언제나 대부분 무지에서 비롯된다. 이해
력이 부족한 선의는 악의만큼이나 해를 끼칠 수 있다.

알베르 카뮈

한 번도 빈손으로 돌아오지 않는 유일한 여행은 내면
의 여행이다.

아모스 오즈, 『삶과 죽음의 시』

함께 나눠 먹는 빵의 맛은 무엇과도 비할 수 없다.

앙투안 드 생텍쥐페리, 『인간의 대지』

당신이 많은 부를 가졌다면 당신의 재물을 주어라. 당신이 가진 것이 없다면 당신의 마음을 주어라.

베르베르인 속담

장미꽃을 선사하는 사람의 손에는 언제나 약간의 향기가 남기 마련이다.

공자

나는 내가 만났던 모든 것의 일부다

지혜는 더이상 아무런 도움이 되지 않을 때에야 우리
를 찾아온다.

가브리엘 가르시아 마르케스, 『콜레라 시대의 사랑』

내가 죽은 뒤에 사람들이 내 전기를 쓰고자 하면 그
보다 간단한 일은 없다. 그들에게는 내가 태어난 날
과 내가 죽은 날, 딱 두 날짜만 있으면 된다. 그 사이
의 모든 날들은 온전히 내 것이다.

페르난두 페소아, 『시집』

마지막 나무를 베어버리고, 마지막 물 한 방울을 오염시키고, 마지막 남은 동물을 죽이고, 마지막 물고기를 잡아 올렸을 때에야 비로소 인간은 돈을 먹을 수 없다는 것을 깨닫게 될 것이다.

인도 속담

우리를 즐겁게 해주는 것들은 대부분 비합리적인 것들임을 주목하라.

몽테스키외, 『생각들』

오직 사랑과 연민으로 이루어진 지혜만이 세상의 모든 문제를 해결할 수 있다.

지두 크리슈나무르티

나는 내가 만났던 모든 것의 일부다

앎은 경험에서 얻어지는 것이고, 그 나머지는 정보에
불과하다.

알베르트 아인슈타인

누구도 아닌 나라서

- 또다른 시작 -

결코
'결코'라고 말하지 마라.

찰스 디킨스

운 좋은 사람은 강물에 빠뜨려도 입에 물고기를 물고 나온다.

아라비아 속담

세상에는 스물다섯 살에 죽지만 일흔다섯 살까지 땅에 묻히지 못하는 사람들이 많다.

벤저민 프랭클린

대부분의 사람은 자철석과 같다. 밀어내는 면과 끌어당기는 면을 함께 갖고 있다.

볼테르

삶이 더 쉬워지거나 더 관대해지는 일은 없다. 우리가
더 강해지고 더 유연해지는 것이다.

스티브 마라볼리

우리는 맨몸으로 이 세상에 왔다. 우리의 유일한 무기
는 우리의 정신뿐이다.

아인 랜드, 『아틀라스』

나는 내가 만났던 모든 것의 일부다

당신이 확실하게 개선할 수 있는 우주의 유일한 한 모퉁이는 바로 당신 자신이다.

올더스 헉슬리, 『시간은 멈춰야 한다』

인간은 자유롭다. 그러나 자신의 자유 속에서도 자신 만의 법칙을 발견한다.

시몬 드 보부아르, 『모호함의 윤리학』

행복은 자신이 가진 것을 계속 욕망하는 데 있다.

아우렐리우스 아우구스티누스

인간의 성장은 아래에서 위쪽으로가 아닌 내면에서 외
면으로 이루어진다.

프란츠 카프카

나는 내가 만났던 모든 것의 일부다

지금의 당신 자신과 함께할 거라면 여행이 무슨 소용이 있겠는가? 바꿔야 하는 것은 환경이 아니라 영혼이다.

루키우스 세네카

고전은 말해야 하는 것을 말하기를 결코 끝낸 적이 없는 책이다.

이탈로 칼비노, 『왜 고전을 읽는가?』

우리는 자신의 과거의 산물이다. 그러나 과거에 갇혀 있어서는 안 된다.

릭 워렌, 『목적이 이끄는 삶』

누군가를 사랑하는 것은 그와 함께 늙어가기를 받아
들이는 것이다.

알베르 카뮈, 『칼리굴라』

우리 마음은 작은 것들이 선사하는 이슬 속에서 그
아침을 발견하고 갈증을 해소한다.

칼릴 지브란

나는 내가 만났던 모든 것의 일부다

인간은 세상의 신비를 품은
삶의 신비를 품고 있다.

에드가 모랭

좋은 기분은 홍역만큼이나 전염성이 강하다.

로버트 베이든 파월

아무리 인생이 짧다고 해도 미소 짓는 데는 일 초밖에
걸리지 않는다.

아라비아 속담

낙관주의는 다른 사람들에게 믿음을 주고 행복으로
이끄는 용기의 한 형태다.

로버트 베이든 파월

나는 내가 만났던 모든 것의 일부다

적어도 자신이 받은 만큼 세상에 돌려주는 것은 모든 사람의 의무다.

알베르트 아인슈타인

우리를 행복하게 해주는 사람들에게 감사한 마음을 갖도록 하자. 그들은 우리의 영혼을 꽃피우는 매력적인 정원사들이다.

마르셀 프루스트

사물들의 아름다움은 그것들을 바라보는 사람의 마음속에 존재한다.

데이비드 흄

예술의 발견은, 모든 전향이 그렇듯, 인간과 세상의 이전 관계와의 단절이다.

앙드레 말로, 『예술적 창조』

예술은 우리가 보는 것을 재현하는 게 아니다. 예술은 우리가 볼 수 있게 하는 것이다.

파울 클레

그림은 하나의 신념이며, 여론을 무시할 의무를 부과한다.

빈센트 반 고흐

나는 내가 만났던 모든 것의 일부다

어른이 된다는 것은 의문 속에서 사는 법과, 다양한 경험을 통해 스스로의 철학과 도덕을 발전시키는 법을 배우는 것이다. 한마디로 기성관념을 피하는 것이다.

위베르 리브, 『내밀한 확신들』

글쓰기의 목적은 삶으로 하여금 비개인적인 힘의 상태
에 이르게 하는 것이다.

질 들뢰즈, 『클레르 파르네와의 대화』

나는 보기 위해 눈을 감는다.

폴 고갱

라파엘로처럼 그리는 데는 사 년이 걸렸지만, 어린아이
처럼 그리는 데는 평생이 걸렸다.

파블로 피카소

나는 내가 만났던 모든 것의 일부다

예술이 제공하는 것은 공간이다. 정신이 숨 쉴 수 있는 방 같은 것이다.

존 업다이크

인간의 위대함은 자신의 조건보다 강해지고자 하는 결심에 있다.

알베르 카뮈, 『작가 수첩』

나는 지속적으로 만들어지고, 또다시 만들어진다. 각기 다른 사람들이 내게서 각기 다른 말들을 끌어내기 때문이다.

버지니아 울프, 『파도』

무언가가 흥미로우려면 한참 동안 그것을 바라보기만
하면 된다.

귀스타브 플로베르

지금까지 철학자들은 다양한 방법으로 세상을 해석
하기만 했다. 그러나 중요한 것은 세상을 변혁하는
일이다.

카를 마르크스, 『포이어바흐에 관한 11번째 테제』

(위 말은 그의 무덤에도 새겨져 있다.)

한번 계몽된 정신은 다시 몽매해질 수 없다.

토머스 페인

나는 내가 만났던 모든 것의 일부다

작은 불을 계속 타오르게 하라.
아무리 작고, 눈에 띄지 않는 불이라 할지라도.

코맥 매카시, 『로드』

보잘것없는 오리지널이 훌륭한 모방품보다 낫다.

엘라 휠러 윌콕스

인간이 도달할 수 있는 가장 고귀한 행위는 이해를
위한 배움이다. 이해한다는 것은 자유로워지는 것을
뜻하기 때문이다.

바뤼흐 스피노자

어느 세대에서나 가장 위대한 발견은, 사람은 자신의
태도를 변화시킴으로써 자신의 삶을 변화시킬 수 있
다는 사실이다.

윌리엄 제임스

나는 내가 만났던 모든 것의 일부다

교육의 목적은 개개인으로 하여금 자신의 교육을 계속하게 하는 데 있다.

존 듀이

배를 단 하나의 닻에만 의지하게 할 수 없는 것처럼 단 하나의 희망만으로 살아서는 안 된다.

에픽테토스

평판은 다른 사람들이 당신에 관해 아는 것이다. 명예는 당신 자신이 스스로에 관해 아는 것이다.

로이스 맥마스터 부졸드, 『시민운동』

나는 유명해지고는 싶지만 사람들에게 알려지고 싶지는 않다.

에드가 드가

인간은 필요의 창조물이 아닌 욕망의 창조물이다.

가스통 바슐라르, 『불의 정신분석』

지적 성장은 태어나면서 시작해 죽을 때에야 끝이 난다.

알베르트 아인슈타인

나는 내가 만났던 모든 것의 일부다

단지 행복해지기만을 바란다면 곧 그렇게 될 수 있을 것이다. 그러나 다른 사람들보다 행복하기를 바란다면 그건 언제나 어려운 일일 수밖에 없다. 우리는 다른 사람들이 실제보다 행복하다고 여기기 때문이다.

몽테스키외, 『생각들』

나는 내가 실제로 존재하는지 잘 모르겠다. 나는 내가 읽은 모든 작가이며, 내가 만난 모든 사람이고, 내가 사랑한 모든 여자이기 때문이다. 또한 내가 여행한 모든 도시이기도 하다.

호르헤 루이스 보르헤스

우리는 하나의 기억으로 남으리라는 기대 속에서 살아간다.

안토니오 포키아

습관은 단번에 창문으로 내던져버릴 수 있는 게 아니다. 한 걸음씩 계단을 내려오게 해야 한다.

마크 트웨인

위대한 문학 속에서 나는 천 명의 다양한 인물이 되지만 여전히 나 자신으로 남아 있다.

C. S. 루이스, 『문학비평에서의 실험』

언어는 현실을 기록하기보다는 상상력을 해방시키기 위해 존재하는 것이다.

앤서니 버지스

나는 내가 만났던 모든 것의 일부다

현미경은 망원경이 끝나는 데서 시작된다. 누가 둘 중 어느 것이 더 시야가 넓다고 말할 수 있을까?

빅토르 위고, 『레 미제라블』

젊음을 되찾고 싶다면, 젊었을 때의 바보짓들을 다시 저지르기만 하면 된다.

오스카 와일드

고귀한 생각은 고귀한 언어로 표현되어야 한다.

아리스토파네스, 『개구리와 또다른 희극들』

행복은 도달해야 하는 목표가 아니라 잘 살아온 삶의 부산물이다.

엘리너 루스벨트

예전에 난 영리해서 세상을 바꾸고 싶어했다. 그러나 그때보다 현명해진 지금은 나 자신을 변화시키고 있다.

잘랄 앗딘 무함마드 루미

늙는 것은 짜증나는 일이다. 하지만 그것만이 오래 사는 유일한 방법이다.

샤를 오귀스탱 생트 뵈브

나는 내가 만났던 모든 것의 일부다

존재하는 것은 변화하는 것이고,
변화하는 것은 성숙하는 것이다.
그리고 성숙하는 것은
끝없이 자신을 창조해나가는 것이다.

앙리 베르그송

아무런 이유 없이 무언가를 행하라. 삶은 어떤 이유 때문이 아니라 삶 자체를 위해 사는 것이다. 사랑에도 아무런 이유가 없는 것처럼.

에크하르트 톨레, 『지금 이 순간을 살아라』

돈으로 살 수 없는 중요한 열다섯 가지: 시간, 행복, 내적인 평화, 진실성, 사랑, 성격, 매너, 건강, 존중, 도덕성, 신뢰, 인내, 품격, 상식, 존엄성.

로이 T. 베넷, 『마음속의 빛』

아무런 목표 없이 평생을 살 수 있다면! 난 그런 상태를 언뜻 보고는 종종 거기에 도달하기도 했지만 계속 머물지는 못했다. 나는 그러한 행복을 감당하기에는 너무도 나약하다.

에밀 시오랑

나는 내가 만났던 모든 것의 일부다

실수를 저지르면서 보낸 인생은 아무것도 하지 않고
보낸 인생보다 명예로울 뿐 아니라 더 유용하다.

조지 버나드 쇼

그들은 나를 보고 웃는다. 내가 다르기 때문이다. 난
그들을 보고 웃는다. 그들이 모두 똑같기 때문이다.

커트 코베인

나는 춤출 줄 아는 신만을 믿을 것이다.

프리드리히 니체

모든 것은 변하기 마련이며 우울함을 야기한다. 열렬히 갈망했던 것조차도 그렇다. 우리가 뒤에 남겨놓는 것은 우리 자신의 일부이기 때문이다. 우리는 이전의 삶에서 죽어야만 또다른 삶으로 들어갈 수 있다.

아나톨 프랑스

나는 내가 만났던 모든 것의 일부다

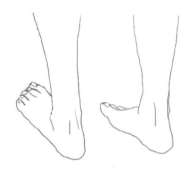

오늘은 내 남은 삶의 첫 번째 날이다.

자크 살로메

너만 그런 게 아니라고
말해주고 싶어서

번역가와 저자를 비롯하여 책을 기획하거나 만드는 사람이라면 누구나 제일 먼저 자신이 만드는 책을 '누가' 읽을지를 생각하게 된다. 독자가 존재하지 않는 책은 자기만족용이나 일기에 불과할 것이기 때문이다. 그런 의미에서 볼 때, 이 책과 한 쌍을 이루는 『나는 당신이 약해지기를 바란다, 내가 약한 만큼: 사랑의 문장들』이 좀더 폭넓은 독자를 떠올리며 엮은 책이라면, 『나는 내가 만났던 모든 것의 일부다: 인생의 문장들』은 무엇보다 엄마와 같은 마음으로 기획하고 엮어 우리말로 옮긴 책이다.

인생이라는 짧고도 긴 여행을 하다보면 수시로 장애물을 만나거나 어느 길로 나아가야 할지 몰라 우왕좌왕할 때가 있다. "지상에서 별들까지 가는 데 쉬운 길은 없다"(51쪽)라고 한 로마 시대의 철학자 루키우스 세네카의 말은 이천 년이 지난 지금까지도 여전히 유효하다.

우리는 그런 인생을 살아가는 동안 뜻하지 않은 복병을 만날 때마다, 모든 걸 포기하고 주저앉고 싶어질 때마다 내 말을 가만히 들어주고 마음으로라도 기댈 수 있는 누군가가 있으면 좋겠다는 생각을 하게 된다. 하지만 그런 누군가가 항상 내 곁에 있을 수는 없다. 아니, 평소에는 주위에 사람이 많은 것 같다가도 막상 내가 누군가를 필요로 할 때는 아무리 둘러봐도 아무도 없는 듯한 때가 더 많지 않은가. 그럴 때 한 권의 책 속에서 마치 내 등을 토닥거리며 가만가만 자신의 이야기를 들려주고, 말없이 내 이야기를 들어주는 듯한 누군가를 만날 수 있다면 얼마나 좋을까. 너만 그런 게 아니라고, 나도 너처럼 그랬다고, 나 역시 비틀거리고 넘어졌다가 다시 일어서고 하면서 여기까지 왔다고. 그러니 여기서 이대로 주저앉지 말라고, 또다시 일어서야 한다고 말해주는 누군가를. "실수를 저지르면서 보낸 인생은 아무것도 하지 않고 보낸 인생보다 명예로울 뿐 아니라 더 유용하다"(209쪽)라는 조지 버나드 쇼의 말처럼, 자신의 문제와 실수와 시행착오마저 당당하게 받아들이고 삶의 밑거름으로 삼을 줄 알아야 한다고 말해주는 누군가가 곁에 있다면 좋지 않을까.

사실 누구보다 나이를 좀더 먹었다고 해서 반드시 더 지혜롭거나 더 현명하다고 할 수는 없다. 사람의 됨됨이나 지혜는 나이와 비례해서 나아지거나 깊어지는 것은 아닐 테니까. 헤밍웨이의 말처럼 "아니, 나이 든 사람들이 지혜롭다는 것은 대단한 착각이다. 그들은 현명해지는 게 아니라 조심스러워지는 것뿐이다"(148쪽). 하지만 그런 사실을 알면서도 때로는 나보다 인생을 좀더 살았거나 나보다 현명할 거라고 믿는 누군가에게 묻고 싶고 그들의 이야기도 듣고 싶고, 그런 가운데서 어떤 해결책이나 지혜를 구하고 싶어질 때가 있기 마련이다.

나 또한 인생을 조금 앞서 산 사람으로서 앞으로 살아갈 날이 더 많은 이들에게 우리네 삶이 마냥 행복한 것이며 앞으로 꽃길만 펼쳐지리라고 말해줄 수 있다면 얼마나 좋을까. 하지만 그런 말은 곧이곧대로 믿을 사람도 없거니와 철부지 어린아이에게조차 함부로 해서는 안 될 터다. 스티브 마라볼리의 말처럼 "삶이 더 쉬워지거나 더 관대해지는 일은 없다"(186쪽). 따라서 "우리가 더 강해지고 더 유연해지는 것"만이 우리에게 주어진 과제인 것이다. 나는 이 책이 그런 누군가가 되기를 바라는 마음으로, 다양한 인생을 살아오며 자신만의 길을 만들어나간 이들의 말을 통해 따뜻하게 다독거리며 힘내자고 말해주고 싶은 마음으로 값진 인생의 문장들을 고르고 또 골라 우리말로 옮겼다. 나 또한 여전히 비틀거리고 때로는 넘어지기도 하면서 거친 인생길을 걸어가고 있는 사람으로서 이제는 조금은 말할 수 있을 것 같기 때문이다. 우리네 인생은 어느 노래 제목처럼, 마지막 페이지를 쓸 때까지는, 책장을 덮기 전까지는 그 결말을 결코 알 수 없는 '네버 엔딩 스토리(Never Ending Story)'라는 것을. 또한 "성공은 결정적인 게 아니며, 실패는 치명적인 게 아니다"(106쪽)라고 한 윈스턴 처칠의 말처럼 인생은 새옹지마의 연속이라는 것을.

미국의 흑인 해방 운동가인 맬컴 엑스는 "사람들은 한 권의 책이 한 사람의 삶 전체를 바꾸어놓을 수도 있다는 걸 깨닫지 못한다"(164쪽)라는 말을 남겼다. 한 권의 책이 그럴 수 있듯이 단 하나의 짧은 문장이 누군가의 인생에서 많은 것을 바꿔놓을 수도 있지 않을까. 짧은 문장이라고 해서 그 속에 담긴 지혜가 얕으리라는 법은 없을 테니 말이다. "영혼은 그 생각들의 색깔로 물들게 된다"(70쪽)라는 마르쿠스 아우렐리우스의 말처럼, 이 책에 실린 약 500개의 인생의 문장들을 통해 우리의 정신을 아름답고 당당하고 강인하면서도 유연한 색깔들로 물들여갈 수 있으면 좋겠다. 오늘도 어딘가에서 자신의 꿈을 이루고자 애쓰는 누군가에게, 당장 눈앞에 닥친 어려운 현실을 헤쳐 나가기 위해 고군분투하는 누군가에게, 삶이란 놈이 안겨주는 깊은 절망감에 힘들어하고 있을 누군가에게, 그럼에도 불구하고 자신의 소중함을 결코 잊지 말기를, 지금이 결코 끝이 아니라는 것을 기억하기를 바라면서 이 한 권의 책을 건네고 싶다.

2018년 4월
우리 모두를 응원하며

박명숙

나는 내가 만났던 모든 것의 일부다

2018년 4월 16일 1판 1쇄 인쇄
2018년 4월 25일 1판 1쇄 발행

엮고 옮긴이 박명숙
펴낸이 한기호
편집 한민희, 정그림
디자인 한민희, 정그림
경영지원 이재희
펴낸곳 플로베르
출판등록 2017년 5월 18일 제2017-000132호
　　　　　주소 121-839 서울시 마포구 동교로 12안길 14 삼성빌딩 A동 2층
　　　　　전화 02-336-5675
　　　　　팩스 02-337-5347
　　　　　이메일 kpm@kpm21.co.kr

ISBN 979-11-962227-2-7 04800
　　　　979-11-962227-0-3 (세트)